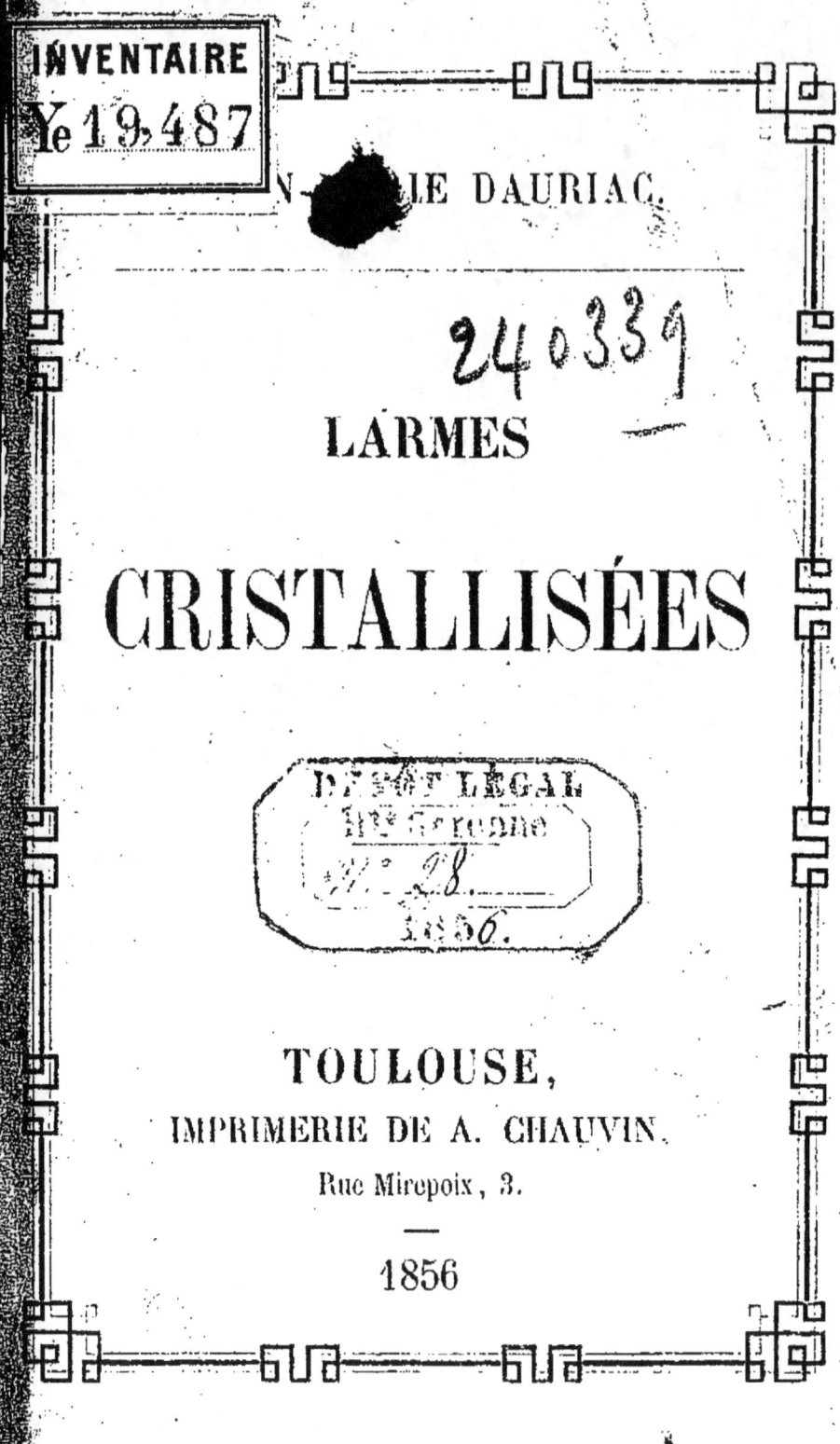

...IE DAURIAC.

24033

LARMES

CRISTALLISÉES

TOULOUSE,

IMPRIMERIE DE A. CHAUVIN.

Rue Mirepoix, 3.

—

1856

LARMES CRISTALLISÉES.

LARMES

CRISTALLISÉES

PAR

 JEAN-MARIE DAURIAC.

TOULOUSE,

IMPRIMERIE DE A. CHAUVIN,

Rue Mirepoix, 3.

1856

AMOUR ET GRANDEUR DE MARIE.

HYMNE A LA VIERGE,

COURONNÉ AUX JEUX-FLORAUX EN 1850.

—

Muse des saints parvis ! Muse à la voix touchante !
Toi qui sais inspirer de célestes accords ,
Prête-moi tes accents; Muse divine ! chante
    L'objet de mes transports.

Partout des Hymnes saints la voix harmonieuse
S'élève avec amour jusqu'au plus haut des cieux ;
Viens aussi, viens mêler à la foule pieuse
    Tes chants mélodieux.

Célèbre dignement cette Vierge immortelle,
Arche des temps nouveaux où tout vient s'abriter,
Sanctuaire divin où la Gloire éternelle
    Un jour vint habiter.

Salut, humble Marie ! Eve régénérée,
Type immortel d'amour, de beauté, de pudeur !
Soutien du malheureux dont la voix ignorée
    Te prie avec ardeur !

Salut, tendre colombe aux ailes maternelles,
Qu'un long et triste deuil accompagna toujours !
Vierge, qui soupiras des angoisses mortelles
    Jusqu'à tes derniers jours !

A toi, la voix du cœur qui te prie à toute heure ;
A toi, le lis sans tache et la rose des champs ;
A toi, les vœux du pauvre et du faible qui pleure
    Et te nomme en ses chants.

A toi, les sons bénis de l'airain qui promène
Son Angélus du soir dans les airs d'alentour ;
A toi brise et parfums s'élevant de la plaine
    Avec l'Hymne d'amour.

A toi, surtout à toi, les suaves cantiques
Des vierges au cœur pur, aux accents les plus doux,
Qui dans le mois des fleurs, sous des voûtes antiques,
    T'honorent à genoux.

Dans les champs, les cités, les palais, les chaumières,
Toujours un pur hommage, ô Vierge ! t'est rendu ;
Mais l'humble infortuné t'adressant ses prières
    Est le mieux entendu.

L'orage éclate en mer ; une sombre tempête
Menace le navire , abri des matelots ;
Ils l'invoquent : voilà que l'ouragan s'arrête ;
        Le ciel sourit aux flots.

La mère en deuil, hélas ! qui gémit isolée ,
Au pied de tes autels court répandre des pleurs ;
Et son âme à l'instant par ta voix consolée
        Sent calmer ses douleurs.

A l'orphelin qui vient dans sa tristesse amère
Te murmurer un nom qu'il soupire en tous lieux ,
Tu dis : « Je veillerai sur toi comme ta mère ,
        Enfant, du haut des cieux ! »

Ainsi, toujours propice à la voix qui t'implore ,
Ta divine pitié jamais ne se dément ;
Et ton amour répond , comme un écho sonore ,
        A tout gémissement.

Que n'ai-je un luth divin ! épris de tes louanges ,
J'exalterais ton nom dans l'univers entier ;
Mais il ne fut donné de te chanter, qu'aux Anges ;
    A nous, de te prier....

Je te devais ces vers, offrande légitime ;
O Vierge ! accepte-les comme un gage de foi :
L'obscur enfant qui prie et le chantre sublime
    Sont égaux devant toi.

LE COUVENT DE LA COMPASSION,

A TOULOUSE.

- Aux sœurs Saint-Gabriel et Sainte-Rose en religion.

Salut, divin refuge, asile où la souffrance
Vient chercher un doux baume offert à l'indigence ;
Ici, se montre à nu l'ardente charité,
Cette vertu si chère à notre humanité,

Qui, sur les pas sacrés de notre divin Maître,
Et bénit et console en se faisant connaître,
Et, l'amour dans son cœur et les pleurs dans les yeux,
Sait soulager le pauvre et lui montrer les cieux.
Non, ce n'est pas en vain que le malheur implore
Un modeste secours au mal qui le dévore,
Dans ce lieu consacré par l'amour et la foi,
Que nous prescrit du ciel la souveraine loi;
Hélas! comme celui qui se donna lui-même,
Ici, toute douleur trouve un écho suprême
Au seuil même du temple où, sœur de l'amitié,
Se montre en souriant la céleste pitié :
Là, sont de chastes sœurs au Seigneur consacrées (*),
Répandant chaque jour de leurs mains vénérées
Le céleste dictame, espoir du malheureux,
Qu'accable trop souvent un destin onéreux.

(*) A part les respectables sœurs du *couvent de la Compas-
sion*, il est encore de nobles dames de la cité qui *pansent*, avec
un religieux dévouement, les plaies les plus repoussantes de
l'humanité.

Tendres âmes ! qui vont répandant dans le monde,
En tous temps, en tous lieux, leur charité féconde,
Quand d'autres, sans profit, consument les loisirs
D'une oisivé opulence, esclave des plaisirs.
Méprisant de leurs jours l'attrait vain et stérile,
Leurs cœurs vont pratiquant la loi de l'Evangile,
Et, comme il est écrit du bon Samaritain,
Sur tous les maux du corps versent l'huile et le vin.

C'est là qu'en un faisceau réunissant ses flammes
L'ardente charité vient embraser ces âmes,
Foyer où se concentre et brûle au même feu,
Et l'amour du prochain avec l'amour de Dieu.
Oh ! quand tout ici-bas n'est que froid égoïsme,
Il en est qui se font un secret héroïsme
D'une vertu cachée au profond de leurs cœurs,
Qui les rend de ce monde et d'eux-mêmes vainqueurs ;
Et qui, plaçant plus haut leur gloire ambitieuse,
Vont essuyant des pleurs ! Mission précieuse !

Oh ! ne les plaignons pas ; leur but, quoique plus loin,
A le ciel pour triomphe et Dieu seul pour témoin ;
Alors que sur nos maux ils penchent leur front calme,
Refleurit dans les cieux leur immortelle palme,
Et les anges, commis à leurs trônes brillants,
Vont remplissant leur sein de doux tressaillements.
L'aumône de leur cœur fait leur béatitude,
Quand pour l'humanité pleins de sollicitude,
Ils entrouvrent leur seuil à toutes ses douleurs,
Leur triste voie alors se décore de fleurs.
Fleurs suaves ! versant comme un divin arome
De leur calice pur dont leur âme s'embaume.
Hélas! dans ce sentier que gravissent leurs pas,
Sachons les imiter, mais ne les plaignons pas.

Plaignons plutôt tous ceux dont l'âme indifférente
Ne s'émeut en voyant la pauvreté souffrante,
Qui sur les maux d'autrui, du moins par quelques pleurs,
N'ont payé le tribut que l'on doit aux douleurs.

Connurent-ils jamais dans leur molle existence
Cet instinct généreux, cette douce influence
Qui fait qu'on se dévoue avec un zèle ardent
Pour quiconque a besoin d'un secours diligent !
« Que m'importent les maux dont gémit l'infortune,
» Dit ce riche inhumain que la plainte importune.
» Mes jours sont tout entiers aux plaisirs consacrés,
» Et le bonheur est peint sur mes lambris dorés ! »
Triste effet d'un amour purement égoïste
Qui ne s'informe point où le malheur existe,
Ni quels soins empressés il réclame de ceux
A qui le ciel accorde, hélas ! des jours heureux ;
Eloigné du contact de ces humbles misères,
L'un à l'autre enchaînés ses jours coulent prospères.
Quand ses moindres désirs sont partout satisfaits,
Il s'inquiète peu d'où partent ces bienfaits.
Plein de l'esprit du monde, hélas ! qui le possède,
Laissons-le tout entier au plaisir qui l'obsède :
Un jour il envîra ce trésor de vertu
Par qui l'esprit du mal est toujours combattu.

Environné de deuil, pour lui quand viendra l'heure
De quitter pour jamais sa superbe demeure,
Nul pauvre à ce moment saintement désolé
Ne couvrira de pleurs son cercueil isolé.

Ainsi, l'amour de Dieu se révèle à la terre
Par l'élan inspiré d'un dévoûment austère,
Comme au temps où son Verbe habitait parmi nous,
Soulageant l'infortune avec un soin si doux ;
Et l'on voit s'accomplir l'esprit de sacrifice
Dans ce monde servant de misérable lice,
Aux vices déchaînés qui s'acharnent entre eux
Dans un commun mépris d'un amour vertueux.
Oh ! gloire en soit rendue à ces sublimes femmes,
Ames chères au ciel entre toutes les âmes
Qui, propageant partout ce zèle du Seigneur,
Ont pris en mission leur pénible labeur.
Dans les brillants parvis où la gloire céleste
Couronne des élus le front pur et modeste,

Parmi l'essaim choisi des anges radieux,
Leurs tendres cœurs, épris de cet amour des cieux,
Ravis, s'abreuveront à la source divine,
De toute charité consolante origine,
Et leurs jours, ici-bas remplis d'obscurité,
Brilleront à jamais pleins d'immortalité.

LIBERA NOS A MALO.

Seigneur, préserve-nous du doute,
Noir vautour qui nous ronge au cœur;
De ton doigt montre-nous la route
Qui conduit au parfait bonheur.

Hélas ! comme au vieillard débile,
Ou bien comme à l'enfant en pleurs,
Guide-nous dans ton saint asile
Sur la pente de nos douleurs.

De Satan la noire couleuvre
Apprête son venin mortel ;
Mais la créature est ton œuvre,
Mais pour elle est créé le ciel.

Pour elle essayant notre vie,
Tu vécus pauvre parmi nous,
Malgré les clameurs de l'envie
Que poussait l'Enfer en courroux.

Tu te fis l'Apôtre des âmes
Et le Rédempteur des humains,
Quand à la plus humble des femmes
Tu fis partager tes destins.

Dès-lors s'accomplit le mystère,
La réhabilitation
Des tristes enfants de la terre
Condamnés pour leur rébellion.

Mais, Seigneur ! dans l'oubli des règles.
Ton nom paraît enseveli ;
Tels, aux jours orageux, les aigles
Croient que le soleil a pâli.

Tristes et tapis dans leur aire
Jusqu'aux cieux n'atteint plus leur vol ;
Infimes oiseaux de la terre,
Leurs ailes labourent le sol.

Comme autrefois à tes disciples,
Si tu te montrais en ces lieux,
Tes apparitions multiples
Dessilleraient-elles nos yeux ?

Doux symbole de l'alliance,
Agneau divin, ô Jésus-Christ !
Dans nos cœurs vides d'espérance,
Fais descendre ton pur esprit.

Du ciel d'où tout espoir émane
Laisse, pour tes fils malheureux,
Laisse tomber encor la manne
Comme jadis pour les Hébreux.

Hélas ! de la foi, pain des âmes,
Donne-nous le pur aliment ;
Viens guérir par de saints dictames
Notre orgueilleux aveuglement.

Ainsi que ces froids mausolées
Qui cachent les vers du cercueil,
Ainsi nos âmes désolées
Cachent en nous un triste deuil.

Quand dans notre insigne misère
Nous formons des vœux insensés,
Daigne soulever le suaire
Qui recouvre nos cœurs glacés !.....

Moi, je veux croire en toi. La rage
De tes ennemis déclarés,
Seigneur, doublera mon courage,
Rendra mes pas mieux assurés.

LA CLOCHE.

N'avez-vous pas, le soir, quelquefois entendu,
Vous promenant tout seul dans un sentier perdu,
    Le son d'une cloche argentine
Qui vient doux et plaintif, comme une triste voix,
Réveiller par l'écho le silence des bois,
    Quand le jour lentement décline ?

                  1.

Comme tout se recueille à son dernier adieu !
Car ces accents bénis qui s'élèvent vers Dieu
    Vont modulant quelque prière ;
On dirait un concert, un cantique bien doux
Qu'un ange en s'envolant emporte loin de nous
    Au ciel éclatant de lumière.

On se prend à rêver, replié dans son cœur,
A ces sons tout divins, dont le charme vainqueur
    Vient émouvoir toute notre âme.
Longtemps son bruit plaintif, alors qu'il a cessé,
Semble gémir encore au sein des airs bercé,
    Comme le doux chant d'une femme.

Dans le calme du soir, qui recueille ce chant
Dont la pure harmonie et l'accord si touchant
    Sème en nos cœurs un saint délire ?
Se perd-il emporté sur les ailes des vents,
Comme un bruit passager aux transports décevants
    Qu'enfante une profane lyre ?

On dirait qu'empruntant ces sons religieux,
Quelques esprits légers abandonnant les cieux,
    Viennent révéler à la terre
La pure volupté de leur divin séjour,
Par un chant tout mêlé de tristesse et d'amour
    Qu'augmente l'heure du mystère.

L'imagination transporte notre esprit
Vers des jours de bonheur dont l'éclat nous sourit
    De douce joie et d'espérance ;
Et tour-à-tour bercé par des songes heureux,
Comme un sylphe léger au vol plus langoureux,
    Notre cœur vers le ciel s'élance.

LE CHANT DU PATRE.

Musique de Deffès.

Salut ! ô ma montagne,
O mon éden chéri ;
Toi seule es ma compagne,
Et mon jardin fleuri.

Quand la brillante aurore,
Sur ton faîte si beau,
T'illumine et te dore
Des feux de son flambeau,
Je rassemble sans peine
Mon troupeau bondissant,
Puis je quitte la plaine
Joyeux, en te disant :

Salut ! ô ma montagne,
O mon éden chéri ;
Toi seule es ma compagne,
Et mon jardin fleuri.

L'alouette au passage
Chante un refrain joyeux,
Puis revole au nuage
Se perdre dans les cieux.
Toujours la mousse verte,
Où broutent mes brebis,

Au matin est couverte
De fleurs et de rubis.

Salut ! ô ma montagne,
O mon éden chéri ;
Toi seule es ma compagne,
Et mon jardin fleuri.

Mais quand la nuit déplie
Son lourd manteau du soir
Plein de mélancolie,
Je lui dis : Au revoir !
Près du troupeau qui bêle,
Je descends le côteau.
En l'appelant ma belle,
Je lui redis tout haut :

Salut ! ô ma montagne,
O mon éden chéri ;
Toi seule es ma compagne,
Et mon jardin fleuri.

L'HIVER.

Quand l'automne finit et que l'hiver commence,
Bien tristes sont les champs, bien tristes sont les pleurs
Du pauvre peuple, hélas ! accablé de douleurs :
Le ciel dans sa détresse est sa seule espérance.

Voici l'hiver. Seigneur, soulagez dans leurs maux
Les vieillards, les enfants et les petits oiseaux.

Les bois sont dépouillés, la campagne est aride ;
Les troupeaux vont broutant un reste de gazon.
Dans les greniers du riche, hélas ! est la moisson
Qu'entasse avec grand soin sa prévoyance avide.

Voici l'hiver. Seigneur, soulagez dans leurs maux
Les vieillards, les enfants et les petits oiseaux.

Que va-t-il devenir sous son modeste chaume
Ce pauvre laboureur dont le pain noir décroît?
Au coin de l'âtre éteint, chaque jour, sous son toit,
La faim à ses côtés s'assied, hideux fantôme !

Voici l'hiver. Seigneur, soulagez dans leurs maux
Les vieillards, les enfants et les petits oiseaux.

Et voyez : jusqu'au soir, sur la terre qu'il creuse,
Il va poussant ses bœufs de son dur aiguillon ;
Mais du champ qu'il laboure il n'a pas un sillon,
Et la saison est rude et sa misère affreuse.

Voici l'hiver. Seigneur, soulagez dans leurs maux
Les vieillards, les enfants et les petits oiseaux.

Et puis pour réchauffer l'aïeule grelottante,
Sous de tristes haillons, ses enfants demi-nus
S'en vont avant le jour dans les sentiers perdus,
Ramasser le bois sec dont le feu s'alimente.

Voici l'hiver. Seigneur, soulagez dans leurs maux
Les vieillards, les enfants et les petits oiseaux.

Et lorsque la nuit tombe, ils regagnent bien vite
Leur obscure chaumine où la faim les attend ;
Un dur morceau de pain apaise leur tourment,
Tandis qu'un lit de paille à dormir les invite.

Voici l'hiver. Seigneur, soulagez dans leurs maux
Les vieillards, les enfants et les petits oiseaux.

Jadis sous ces buissons , à la fraîche verdure ,
Le rossignol des bois , l'alouette des champs ,
Aux doux parfums d'avril mêlaient leurs plus doux chants.
J'écoute en vain : les bois n'ont qu'un triste murmure.

Voici l'hiver. Seigneur, soulagez dans leurs maux
Les vieillards , les enfants et les petits oiseaux.

L'ENFANT AUX CHEVEUX D'OR.

La pelouse est déserte, et l'enfant ingénu,
L'enfant aux cheveux d'or, je ne l'ai plus revu.
Hier encor, hier cueillant des fleurs nouvelles,
Ses beaux yeux bleus jetaient de vives étincelles;

2

Il courait en rasant de ses pieds blancs le sol,

Comme un rapide oiseau lorsqu'il a pris son vol ;

Les frêles boutons d'or, les pâles violettes

Inclinaient sous ses pas leurs tiges inquiètes,

Et ses cris enfantins troublaient au fond des bois

Les paresseux échos réveillés à sa voix.

Puis sa mère était là, l'âme toute joyeuse,

Attentive, veillant sa course aventureuse

Près du lac argenté dont les tranquilles eaux

Reluisent au soleil, à l'abri des roseaux.

Elle épiait de loin son enfance naïve,

Poursuivant dans les airs, tout le long de la rive,

Le gentil-papillon moins volage que lui,

Qui, le voyant venir, jusques au ciel a fui.

Tout savait le charmer, car à cet heureux âge

La vie est séduisante et n'a pas un nuage.

Qui ne s'en ressouvient? Qui n'y songe souvent

A ces jours de l'enfance où l'on courait au vent,

Près d'une tendre mère, aux beaux jours du dimanche,

Au sein des champs où naît la marguerite blanche?.....

Mais lui, qu'il était beau ! qu'il était doux à voir !
Et pour sa mère, ô ciel ! quel sombre désespoir,
De la vie à la mort passé dans moins d'une heure !...
Quel changement, hélas ! au sein de sa demeure :
Où brillait tant de joie est maintenant le deuil,
Et les fleurs de la veille enlacent son cercueil !
Et j'ai revu ces lieux où croissait son enfance,
Où tout rappelle encor son aimable présence :
Le lac, les sentiers verts et les buissons de fleurs,
Tout semble partager nos amères douleurs ;
Tout est triste et muet au vallon solitaire,
Partout semblable deuil, partout même mystère :
La pelouse est déserte, et l'enfant ingénu,
L'enfant aux cheveux d'or, je ne l'ai plus revu.

LE RETOUR DE LA MUSE.

I.

La voilà, la voilà ! doucement qui revient,
Comme un enfant, le soir d'un long jour de vacances ;
Son regard bienveillant s'est posé sur le mien.
Vient-elle me bercer de douces espérances ?

Ecolière naïve aux joyeuses chansons,
Elle remplit de fleurs sa corbeille odorante ;
Voyez comme sa main effeuille les buissons
Que caressent les plis de sa robe flottante.

L'abeille suit son vol dans le sentier fleuri,
Tandis qu'un doux zéphir baise son cou d'albâtre ;
Elle écoute le soir l'air natal et chéri
De la douce chanson que chante au loin le pâtre.

Un parfum odorant s'exhale dans les airs
De son voile d'azur pris au sein d'un nuage ;
Et l'œil reste charmé sous les reflets divers
De ses ailes de pourpre au merveilleux mirage.

Parfois elle se prend à chanter dans les bois,
Sa voix révèle alors ses amoureuses peines ;
Elle mêle sa plainte aux accents du hautbois,
Et ses tendres soupirs aux doux bruits des fontaines.

Elle sourit à tout , comme tout lui sourit ;
Elle joue en passant avec l'oiseau qui vole,
Le bouton né d'hier à son souffle fleurit ,
Et les lutins des eaux connaissent sa parole.

Quand l'astre pur des nuits se penche au firmament ,
Elle donne à baiser aux jets de sa lumière
Son front qui , sous ses feux , luit comme un diamant
Qu'un rayon tout-à-coup dérobe à la poussière.

Puis, plongeant ses regards dans son sein argenté ,
Elle aime à suivre encor sa marche solitaire ;
Le silence profond, le ciel , l'immensité ,
Lui semblent révéler un sublime mystère.

Vierge et fée à la fois , pour plaire à tous les cœurs,
De fleurs et de rayons elle compose un charme ;
Et, comme un lis mouillé par la rosée en pleurs ,
Une perle à son front brille comme une larme.

II.

— Me voici. J'ai fait ma moisson
De roses et de violettes,
Et tout en chantant ma chanson
J'ai cueilli dans chaque buisson
Des lis bleus et des pâquerettes.

Me voici. Dans tous les chemins
J'ai butiné comme l'abeille ;
Voyez : j'apporte à pleines mains
Boutons d'or, tulipes, jasmins,
A remplir toute une corbeille.

J'ai suivi les sentiers fleuris,
M'arrêtant à toutes les sources,
Pour laver mes pieds nus, meurtris
Par les ronces et les débris
Que je rencontrais dans mes courses.

Et puis aux bords des grands lacs bleus
J'ai salué chaque hirondelle
Qui, fuyant un ciel nébuleux,
Revenait le cœur tout joyeux
Former quelque union nouvelle.

J'ai même, près des flots dormants,
Causé parfois une heure entière
Avec tous les sylphes charmants
Qui la nuit veillent les amants
Près de leur chevet sans lumière.

Et quoique l'esprit fort distrait,
Au récit de leurs insomnies,
J'ai recueilli plus d'un secret,
Que je garde en mon cœur discret,
Tout plein de douceurs infinies.

Puis, à mon tour, je leur ai dit
Mes plaisirs purs, mes chastes rêves,
Mes fleurs qu'un souffle épanouit,
Quand la lune au soir s'arrondit,
Argentant le sable des grèves.

Et voyant l'admiration
De ces sylphes, troupe volage,
Pour charmer leur attention,
J'ai mêlé quelque fiction
A l'histoire de mon voyage.

Puis, enfin, j'ai pris mon essor,
Ouvrant mes ailes purpurines,
Plus haut que le vol du condor,
Pour dérober au soleil d'or
Un rayon aux clartés divines.

Car je veux en tout ressembler
A mes sœurs des jardins célestes
Qui, le soir, viennent me parler,
Tandis que je vois ruisseler
Mille feux de leurs fronts modestes.

L'ENFANT CHAGRIN.

A M: AUGUSTE ABADIE.

—

Enfant, pourquoi pleurer? qui trouble ainsi vos charmes
    La nuit quand vous dormez?
Qui fait de vos yeux bleus répandre tant de larmes
    Pourtant si bien fermés?

Dites-le-moi, mon fils, qui près de vous vous gronde
  Et vous rend tout chagrin?
Qui fait qu'à votre éveil votre tête si blonde
  Montre un front moins serein?.

Est-ce quelque lutin, sorti du sein de l'âtre
  A l'heure de minuit,
Qui vient vous effrayer, et puis s'en va, folâtre,
  Et fait beaucoup de bruit?

Enfant, n'ayez plus peur, si c'est là votre peine;
  Car ce lutin jaloux,
Je saurai le chasser, si cette nuit prochaine
  Il revenait vers vous.

Mais peut-être, chéri, n'êtes-vous pas bien sage !
  Et le Seigneur alors
Dans vos songes envoie un lutin plein de rage
  Vous charger de remords !

L'enfant obéissant qui chérit bien sa mère ,
    Soyez sûr désormais
Que son sommeil est doux , et la douleur amère
    Ne le trouble jamais.

Quand il dort, le bon Dieu lui répand sur sa couche
    De l'encens et des fleurs ;
Et puis, quand il s'éveille , un souris sur sa bouche
    Nous le montre sans pleurs.

Car la nuit, en secret, pour le veiller , un ange ,
    Plus beau que le soleil,
Descend du paradis du sein de sa phalange
    Pour charmer son sommeil.

Et puis la bonne Vierge , elle qui vous surveille ,
    Partout , incessamment,
Lui montre à nu le ciel , étonnante merveille !
    Dans un rêve charmant.

Enfant, si vous voulez, vous-même, dans un songe,
     Voir les cieux tout ouverts,
Soyez tendre et soumis, évitez tout mensonge
     Qui vous rendrait pervers.

Ne soyez point rebelle aux heures de l'étude,
     Et pour de vains plaisirs
Ne montrez plus un front tout plein d'inquiétude,
     Ni larmes ni soupirs.

Alors la nuit, quand l'ombre, en tissant sa tunique,
     Viendra clore vos yeux,
Vous irez, aux accords d'une douce musique,
     Vous perdre dans les cieux.

Doux être d'ici-bas, sans passer par la tombe,
     Dans un songe doré
Vous prendrez votre vol, ainsi qu'une colombe,
     Vers ce séjour sacré.

Là , parmi tous les saints, les vierges, les prophètes,
      Aux sons des harpes d'or,
Vous irez vous mêler, comme un ange , à leurs fêtes,
      Et puis chanter encor.

Et lorsque le matin la terre est arrosée
      Par les célestes eaux ,
Vous descendrez des cieux , humides de rosée ,
      Comme font les oiseaux.

LE CHANT DES MOISSONNEURS.

A MON AMI EUGÈNE QUINSAC.

L'épi doré tombe sous la faucille ;
Le soleil luit au front des moissonneurs ;
Fais ta couronne, allons, ô jeune fille !
Parmi les blés pour toi Dieu mit des fleurs.

L'épi doré tombe sous la faucille ;
Le soleil luit au front des moissonneurs ;
Fais ta couronne, allons, ô jeune fille !
Parmi les blés pour toi Dieu mit des fleurs.

LOUISE.

ÉLÉGIE SUR LA MORT DE MA SŒUR.

Sans pitié pour ma part de deuil et de misère,
Sans pitié de mes jours si tristes désormais,
La mort, l'enveloppant de son pâle suaire,
    Me l'a ravie et pour jamais.

Pauvre sœur ! sitôt morte et sitôt enlevée.

Sans voir la moisson faite, elle a quitté ces lieux,

Et de ses mains tenant la gerbe inachevée

     Sont tombés les épis nombreux.

Pauvre sœur ! ici-bas ma compagne fidèle,

Non, rien contre le sort n'a pu la protéger,

Et, malgré les doux nœuds d'une amitié si belle,

     Son âme a fui d'un vol léger.

J'ai vu son agonie à son heure dernière,

Et ses yeux se fermer pour se rouvrir au ciel ;

J'ai recueilli, brisé, sa mourante prière

     Qu'elle adressait à l'Eternel.

J'ai, ma main dans sa main, encouragé son âme

A quitter cette terre où tout n'est que douleurs,

Et quand de ses regards s'est éteinte la flamme,

     Alors ont débordé mes pleurs.

Alors dans ce grand deuil, poëte solitaire,
Je me suis effrayé de mon isolement;
J'ai tout ce jour pleuré dans l'ombre et le mystère,
   Plus faible, hélas! qu'un faible enfant.

Et puis je l'appelais de son nom le plus tendre;
Mais ce nom, sur ma lèvre, expirait sans écho;
Son oreille, mon Dieu! ne pouvait plus m'entendre,
   Ni sa lèvre dire un seul mot.

Pourquoi m'avoir ravi sitôt cette fleur douce
Qui parfumait, Seigneur, mes ennuis d'ici-bas.
Maintenant elle est là, sous la terre et la mousse,
   Cachée à l'ombre du trépas.

Elle est là qui m'attend; elle est là qui m'appelle;
Je l'entends quelquefois qui me parle des cieux,
Et sa voix faible et sainte à mon cœur se révèle
   Comme en un songe gracieux.

                  2.

« Ne pleure pas sur moi, mon sort n'est point funeste,

» Me dit-elle, bientôt nous nous réunirons ;

» Ici tout refleurit pour la moisson céleste,

   » Comme l'épi dans les sillons.

» Quand l'humaine nature a fini sa misère,

» Elle rend au néant la part qui lui revient ;

» Mais notre âme survit quand tout tombe en poussière,

   » Notre âme à Dieu seul appartient.

» Suivant qu'elle a gémi dans ses jours d'infortune,

» Suivant qu'elle a prié dans ses jours de douleur,

» Elle a sa part au ciel d'allégresse commune,

   De douce extase et de bonheur.

» Dans la félicité de l'amour qui l'enivre,

» Elle se ressouvient de ceux qu'elle a laissés,

» Pèlerins fatigués, s'essayant à revivre,

   » De jour en jour plus harassés.

» A l'ombre de la croix dépose ta faiblesse,

» C'est le plus sûr abri contre tout grand chagrin ;

» Ici, ton âme en deuil changera sa tristesse,

   » Hélas ! contre un amour divin. »

A DES OISEAUX.

Pauvres oiseaux, sous la pluie et le vent,
Qu'un jour d'hiver est pour vous décevant !

Comme le barde qui vous chante,
Vous avez donc vos mauvais jours,
Jours d'angoisse ! que désenchante
Le besoin qui renaît toujours ;

Dans votre débile existence,

Votre âme s'ouvre à des regrets,

Et la nature sans attraits

A vos yeux n'offre qu'indigence.

Pauvres oiseaux, sous la pluie et le vent,

Qu'un jour d'hiver est pour vous décevant !

De vos ébats sous la feuillée

Vous n'avez plus le souvenir,

Lorsque l'aurore réveillée

Pour vous seuls semblait rajeunir ;

Du printemps, brillante couronne,

Les beaux jours se sont éclipsés.....

Les miens sont à jamais passés,

Et l'espérance m'abandonne !

Pauvres oiseaux, sous la pluie et le vent,

Qu'un jour d'hiver est pour vous décevant !

Dans peu la nature brillante
Vous rendra ses soleils d'été,
Ses parfums, sa beauté touchante,
Ses fleurs avec la liberté....
Pour vous encor, vierge et féconde,
Bientôt elle s'embellira,
Mais à mon cœur qui sourira,
Triste et solitaire en ce monde !

Pauvres oiseaux, sous la pluie et le vent,
Qu'un jour d'hiver est pour vous décevant !

Que vous importe alors, vos lyres
Charmeront les échos des bois,
Et vos essaims, aux gais sourires,
Entre eux réuniront leurs voix ;
Puis, sous de verdoyants ombrages,
Sous quelque rayon de soleil,

Vers cet astre pur et vermeil,
Vous élèverez vos ramages.

Pauvres oiseaux, sous la pluie et le vent,
Songez alors à mon sort décevant!

LE CHANT DU MARIN.

Oui la mer, oui la mer, c'est ma terre natàle
  Par un jour pur ,
Avec son beau soleil et son doux ciel d'azur ;
Oui la mer, oui la mer, amis, est sans égale
  Par un jour pur.

Quels transports quand la plage
Voit fuir loin du rivage
Mon superbe vaisseau ;
Mon vaisseau dont la voile
File comme une étoile
Ou l'aile d'un oiseau.

Toujours loin de ces grèves
M'emportent mes doux rêves
Au sein vaste des mers ;
J'aime sur toute chose
Cette rumeur que cause
Le bruit des flots amers.

J'aime le chant du mousse
Mêlant sa voix si douce
A de joyeux refrains ;
J'aime les belles îles
Qu'on rencontre, fertiles,
En des pays lointains.

J'aime les longs voyages
Dans des climats sauvages,
De l'homme inhabités ;
Les courses sans égales
Sur les mers glaciales,
Gouffres illimités.

J'aime la chasse au renne,
La pêche à la baleine,
Le combat avec l'ours ;
Sur la mer Pacifique
Ou bien sur la Baltique,
Joyeux partout je cours.

Lorsque l'orage éclate,
Menaçant ma frégate,
J'ai, pour me protéger,
L'appui de ma patronne,
Ou bien de la madone
A l'heure du danger.

Oui la mer, oui la mer, c'est ma terre natale
Par un jour pur,
Avec son beau soleil et son doux ciel d'azur;
Oui la mer, oui la mer, amis, est sans égale
Par un jour pur.

———

A M. JEAN REBOUL,

DE NÎMES.

A toi, barde chrétien, dont la lyre d'ivoire
A fait entendre un chant digne de l'avenir;
A toi ces vers obscurs d'un poète sans gloire,
    Mais plein de ton grand souvenir.

3

En t'écoutant chanter, ma muse qui s'ignore
Se sent comme embrasée au feu de tes transports,
Et mon luth sous mes doigts résonne plus sonore,
    Charmé par tes graves accords.

Sans doute le Seigneur a béni ta parole,
Et pour le célébrer il a choisi ta voix;
Puis il a ceint ton front d'une double auréole :
    Doux génie et gloire à la fois.

D'un pâtre, d'un enfant à l'obscure origine,
Il fait, quand il le veut, un poète inspiré,
Qui s'en va publiant sa volonté divine,
    Le cœur rempli du feu sacré.

Tel fut ton sort, enfant de Nîmes, la romaine,
Sous un humble labeur couvant un grand destin;
Comme un souffle venu de la mer de Tyrrhène,
    Te visita l'esprit divin.

Et dès-lors tes accents étonnèrent le monde,
Tu le vis applaudir tes suaves concerts,
Et ton âme plus forte et surtout plus féconde
    Priait en modulant des vers.

Ta muse, devançant l'ordre des temps suprêmes,
Osa chanter ce jour de tristesse et d'horreur ('),
Où tous les éléments, où la Mort, où nous-mêmes
    Resterons saisis de terreur.

Puis, tu nous révélas de tes visions saintes
Les tableaux merveilleux sous tes traits éclatants,
Ces antiques cités, Babylones éteintes,
    Dont le nom seul survit au temps.

(') *Le Dernier Jour,* poème de M. REBOUL.

Et plein d'enseignements sur leurs chutes célèbres,
Tu fis parler leurs voix du fond de leurs tombeaux,
Mâle évocation de ces ombres funèbres,
     Dont les destins semblaient si beaux.

Mais c'est en prévoyant les maux de la patrie
Surtout, que de la France anticipant le deuil,
O poëte ! ton âme un instant attendrie
     Gémit sur son fatal orgueil.

Ah ! ne crois pas, Reboul, ta muse infortunée,
Quand l'immortalité lui garde un nom fameux ;
La gloire a sur ton front écrit ta destinée
     En caractères lumineux.

Qu'il est doux de prévoir dans le lointain des âges,
Attachés à son nom des honneurs éternels ;
Car les chants qu'un grand peuple accueille en ses hom-
     N'en doute pas, sont immortels.   [mages,

Immortels, en effet, puisque Dieu les inspire
Aux cœurs prédestinés par un souffle divin ;
Dons du ciel, ces accords que doit rendre la lyre,
    Jamais ne résonnent en vain.

Poète, gloire à toi ! dont la voix éloquente
N'envenima jamais l'esprit des factions,
Mais que l'on vit toujours s'épandre, consolante,
    En douces bénédictions.

Ta parole toujours et noble et généreuse,
N'a fait verser de pleurs que ceux de l'amitié,
Et le malheur parfois en sa misère affreuse
    Reçut l'hymne de la pitié.

Honneur à toi ! ton front peut ceindre la couronne
Saintement réservée à tes accents pieux ;
Tu peux montrer à tous ta gloire qui rayonne,
    Te présageant celle des cieux.

L'ANGE D'HÉGÉSIPPE.

L'ANGE.

L'oiseau reprend ses chants, l'aurore ses couleurs,
Le ruisseau son murmure et le printemps ses fleurs ;
Reprends aussi ton luth ! Chante, jeune poète !
Pour prix de tes accords, la palme est déjà prête ;

Laisse envoler ton âme en passant par tes chants,
Comme la fleur sa vie en parfumant les champs ,
Comme l'onde son sable en glissant du rivage,
Comme l'arbre sa feuille au souffle de l'orage ;
Chante un hymne nouveau : que t'importe le but?
Dieu conduit vers le port toute arche de salut.
De tes frères divins suis le pieux exemple....
Le sable du rivage aide à construire un temple ;
De la feuille qui tombe un oiseau fait son nid,
Et ton âme en chantant atteindra l'infini.

HÉGÉSIPPE.

Hélas ! quand la vie est amère :
Souffrant — quand on n'a plus de mère ,
A qui peut-on dire ses maux?
Toute ma joie est épuisée ;
Et ma lyre à demi-brisée
N'a plus que de faibles échos.

Semblable à l'oiseau qu'on exile,
Au flot quittant son lit tranquille,
Ravi par un cours indompté,
Moi, j'ai perdu ma voix joyeuse,
Comme le flot sa rive heureuse,
Comme l'oiseau sa liberté.

Longtemps bercé des plus doux songes,
J'ai vu s'enfuir tous leurs mensonges
Qui me charmaient durant mes nuits;
Et, pour chanter, ma voix captive
N'a plus qu'une note plaintive !
Ange du ciel, je ne le puis !

L'ANGE.

Hélas ! quelle que soit ton amère existence,
La vie a dans son germe un rayon d'espérance,
Qui dissipe un nuage à nos fronts abattus,
Et raffermit nos cœurs par la douleur vaincus.

Laisse ces noirs pensers, pleins de deuil et de crainte ;

L'homme vraiment stoïque étouffe toute plainte.

Peut-être, après les maux dont tu t'es abreuvé,

Il est un doux bonheur que tu n'a pas rêvé ;

Comme il est des soupirs qu'on ne saurait entendre ,

La vie a des douceurs qu'on ne saurait comprendre ;

Comme on voit, à l'abri d'orageux aquilons ,

Des fleurs, même en hiver, parfumant les vallons.

HÉGÉSIPPE.

Non , non , ma vie est solitaire ;

Pour moi, l'espoir est un mystère ,

Un vain et chimérique appât ;

Une mélancolique ivresse

Qui vient m'abreuver de tristesse ,

Où mon âme en vain se débat.

Non , non ; car il n'est pas une heure

De doux bonheur dans ma demeure ,

Où tous mes chants sont des douleurs !
Car un souffle de mort m'inspire ;
Et si parfois je prends ma lyre,
A ses accords naissent mes pleurs.

Non, car toute cette harmonie
Rend plus triste mon insomnie,
Plus sombres aussi mes ennuis ;
Et, pour chanter, il faut une âme
Qu'un pur rayon de joie enflamme...
Ange du ciel, je ne le puis !

L'ANGE.

Pourquoi rider ton front au souffle des alarmes ?
Et quoi ! si jeune encor, tant abreuvé de larmes !
A peine vingt printemps, dans leurs rapides cours,
T'ont porté le tribut des plus beaux de tes jours,
Que ton âme, brisée aux douleurs de la vie,
Déjà d'amers regrets semble être poursuivie ;

Et comme le cyprès , cet arbre du cercueil,
Gémirais-tu sans cesse esclave de ton deuil?
Non , non, quelle douleur fut toujours délirante ?
Vois : le calme des flots succède à la tourmente ;
Le fruit, acide encor, bientôt devient plus mûr ;
L'orage dissipé fait place au ciel d'azur ,
Et si l'hiver flétrit et ride la nature ,
Une saison plus douce et l'anime et l'épure.
L'oiseau reprend ses chants, l'aurore ses couleurs ,
Le ruisseau son murmure et le printemps ses fleurs.

SOIRÉES D'HIVER.

Oh ! malgré ses rigueurs, malgré son noir empire,
Et la neige et le vent qui souffle avec délire,
J'aime encor de l'hiver les longs soirs attristés ;
Assis au coin du feu, là je rêve ou médite,
Ou plus souvent je lis des poètes d'élite
    Les vers en tous lieux répétés.

Quelques livres choisis ornent ma solitude ;
Heureux, quand nul fâcheux ne trouble mon étude,
De pouvoir à loisir contempler mon trésor ;
Semblable à cet avare en un coin solitaire,
Qui savoure des yeux dans un profond mystère,
    La nuit, ses nombreux sequins d'or.

Lamartine, Reboul, Hugo, nouveau Shakspeare ;
Rességuier, tendre et doux ; Chenier, triste délire !
Qui vit son luth brisé tout rougi de son sang ;
Béranger, à la muse élégante et badine,
Et tant d'autres encor, dont la lyre divine
    Fait naître un charme ravissant.

De leurs vers embaumés un doux parfum s'exhale,
Comme d'un pur éden une odeur virginale,
Sur l'aile de la brise embaume au loin les airs ;
Doux écho de leur cœur, leur voix parle à mon âme,
Et leur brillant génie et m'inspire et m'enflamme
    Au feu de leurs divins concerts.

En vain souffle le vent, en vain tombe la neige,
A couvert des frimats nul ennui ne m'assiége.
Que dis-je? dans leurs vers le printemps me sourit :
Mai, le front couronné de fleurs toujours nouvelles,
Avec tous ses parfums, ses couleurs les plus belles,
    A mes yeux soudain refleurit.

La nature reprend sa robe de verdure,
Zéphire au fond des bois et s'agite et murmure,
L'oiseau même, l'oiseau chante en paix ses amours;
Doux lis, roses, œillets se bercent sur leurs tiges;
C'est la belle saison avec tous ses prestiges,
    Me rappelant ses plus beaux jours.

Ma muse, jeune encore, inhabile à la lyre,
Se forme à leurs leçons, ingénument admire
De leurs vers gracieux les accents modulés;
Ainsi, le jeune oiseau, sous un nocturne ombrage,
Du rossignol charmant écoute le ramage
    Ravissant des cieux étoilés.

Oh ! combien il est doux des poètes qu'on aime
De méditer le soir le chant divin, suprême ,
Et, leur livre à la main, à nos regards ouvert,
De suivre pas à pas leur riche fantaisie ,
D'où s'épand un parfum de vierge poésie ,
      Comme l'arome du désert.

Surtout pendant ces nuits où nul ne se hasarde
A quitter pour la rue ou salon ou mansarde ;
Quand l'autan en fureur rugit sur la cité ,
Que le passant frileux au pas de course marche ,
Comme l'oiseau craintif dont le vol cherchait l'arche
    Pour se reposer abrité.

Oh ! c'est alors surtout qu'un chant de poésie
Me transporte et m'enivre à sa douceur choisie ,
Que mon humble foyer et son modeste toit
Me semblent transformés en un palais magique ,
Où quelque bonne fée à la voix sympathique ,
      Rieuse, à mes côtés s'asseoit.

LE PETIT PARESSEUX.

Oh ! l'enfant paresseux qui laisse ainsi l'aurore
Broder son voile d'or,
Et qui, lorsqu'en nos champs tout s'émaille et se dore,
Hélas, sommeille encor.

Eh! quoi, dormir ainsi, la prunelle voilée,
    Quand les petits oiseaux,
.Quand l'abeille déjà, le lis de la vallée,
    Commencent leurs travaux.

Car tout, sachez-le bien, travaille et se consume :
    L'oiseau fait son doux nid,
L'abeille fait son miel et l'humble fleur parfume
    Chaque buisson béni.

Dès le matin aussi, sur ce mont qui domine
    Les tours de ce château,
L'enfant du pauvre pâtre en chantant s'achemine,
    Conduisant son troupeau.

Bien avant vous il fait sa rustique prière,
    Mains jointes, cœur fervent,
Puis il prend le sentier tapissé de bruyère,
    Ses blonds cheveux au vent.

Vous seul nonchalamment bercez votre paresse,
    Comme un enfant gâté,
Sans songer que le temps s'enfuit en sa vitesse
    D'un vol précipité.

Le soleil luit en vain jusques à votre alcove,
    Tandis que vous dormez;
Et, las de voltiger, le papillon se sauve
    Loin des vitraux fermés.

Or, il va, croyez-moi, la chose est bien certaine,
    Dans le val plein d'échos,
Dire aux petits enfants, aux oiseaux de la plaine,
    Votre honteux repos.

Et puis nul ne voudra jouer sur la pelouse
    Désormais avec vous;
Que ferez-vous alors dans votre humeur jalouse,
    Seul au milieu de tous?

Surtout quand vous montrant du doigt avec malice,
    Chacun vous narguera ;
Et lorsqu'à tout venant on dira votre vice,
    Confus, qui rougira ?

Qui pleurera soudain en appelant sa mère
    De colère emporté ?
Ce sera vous, enfant, vous qu'une angoisse amère
    Rendra tout attristé.

Et moi, dans ma douleur, moi qui n'ai plus au monde
    Que vous seul pour trésor,
Hélas ! que faudra-t-il, enfant, que je réponde
    Quand on rira bien fort ?

Je n'aurai pas un mot à dire pour excuse
    Au rire injurieux ;
Je serai désarmée, et, comme vous confuse,
    Je baisserai les yeux.

RÊVE D'OR.

A M. MAMY.

Par une de ces nuits où l'âme recueillie
Goûte en paix dans l'étude un charme précieux,
Tout-à-coup d'un enfant le chant délicieux
Réveille ma mélancolie
Aux rêves si mystérieux.

La moindre chose, ami, fait rêver le poète
Quand l'hymne sans écho sommeille dans son cœur :
Un insecte, un nuage, un brin d'herbe, une fleur,
    Quelque chant de deuil ou de fête,
    Voilà son pauvre esprit rêveur.

Le mien, en écoutant cette voix claire et douce,
S'en retourna bien loin vers les jours du passé,
Ainsi qu'un voyageur en sa marche lassé
    Songe au seuil recouvert de mousse
    Du chaume qu'il a délaissé.

Je revoyais ce temps de folle insouciance,
Cet heureux temps où rit un ciel toujours serein,
Où le cœur, chaste lis, éclot en notre sein,
    Sous le vent pur de l'innocence
    Qui souffle à son premier matin.

Je revoyais ces jours que plus d'un dans la vie
Se prend à regretter, comme un riche trésor
Qu'un prodigue a semé, mais qu'il convoite encor;
    Ainsi je me prenais d'envie
    Moi-même, pour cet âge d'or.

Et je ressaisissais la séduisante image
Des lieux où, tout enfant, j'aimais tant à courir;
Là, c'était le jardin où nous allions bondir
    Avec mes amis du même âge,
    Gais camarades de plaisir.

Puis c'était le lavoir où, près des lavandières,
Je cherchais sous les eaux le beau caillou nacré,
Où plongeant mes dix doigts sous le flot azuré,
    J'en rapportais de blanches pierres,
    Toutes au beau dessin moiré.

Ici, des prés semés de rouges marguerites,
Où dans chaque sillon portant mes jeunes pas,
Sans éveiller de bruit et respirant bien bas,
  Je surprenais près de leurs gîtes
  Les beaux grillons dans leurs ébats.

Plus loin était la source aux paisibles murmures,
Où je trempais ma lèvre et mouillais mes cheveux ;
Et puis de grands fossés, tous témoins de nos jeux,
  Avec leurs buissons pleins de mûres
  Que je cueillais le cœur joyeux.

Et plus doux charme encor, je revoyais ma mère
Me souriant partout aux lieux où je me plus,
Avec ce doux souris que l'on ne revoit plus
  D'une autre femme sur la terre,
  Dès que ses jours sont révolus.

Voilà ce qu'à la voix de cet enfant qui passe

Je rêvais ce soir-là de ce temps reculé ;

Quand mon cœur tout-à-coup se sentant réveillé,

　　De ce souvenir plein de grâce

　　Le charme, hélas ! s'est envolé.

3.

LE DÉPART DU CHEVALIER CROISÉ.

Trève à vos soupirs langoureux,
Beau chevalier, le clairon sonne;
Et vous, châtelaine mignonne,
Faites-lui vos derniers adieux.

Allons, beau sire ! en Palestine,
Courez délivrer le Saint Lieu ;
Vers ce même but, priant Dieu,
Déjà le pèlerin chemine.

Varlets, sellez son destrier ;
Portez-lui son casque et sa lance,
Par qui son bras plein de vaillance
Vainquit un jour un prince altier.

N'oubliez pas sa forte épée
Qui sied si bien à sa valeur,
Qui fut toujours avec honneur
Dans le sang ennemi trempée.

Déployez son pennon , brodé
Par les mains de sa noble dame ,
Qu'on voit briller, comme une flamme ,
Dans l'air de parfums inondé.

Il faut qu'à la douzième aurore,
Chevauchant sans peur jour et nuit,
Avéc l'escorte qui le suit,
Il entre dans le pays maure.

Vite abaissez le pont-levis,
Et puis que saint Denis conduise,
Béni par un moine d'église,
Ce paladin devers Tunis.

CHARLES-QUINT

AU COUVENT DE SAINT-JUST.

Il est nuit.... tout est calme au sein de la nature ;
La cloche du couvent vient de tinter deux fois,
Et l'écho, réveillé par ce faible murmure,
Timide, le répète à peine au fond des bois.

Tout repose.... mais non. A l'appel angélique
De cette douce voix qui lui parle des cieux,
Un vieux moine se lève, et sur la dalle antique
Dirige lentement ses pas religieux.

Tandis que sous le dais en son palais splendide
Par des songes riants l'opulent est bercé,
Que le voluptueux, dont l'âme est toujours vide,
Obsédé de désirs, fait un rêve insensé ;

Lui, sous les grands arceaux du cloître solitaire,
Comme une ombre se perd dans les longs corridors ;
Puis, dans le saint parvis de l'obscur monastère,
S'agenouille en priant sur la cendre des morts.

Et là, le front courbé dans son extase sainte,
Son âme tout-à-coup semble monter vers Dieu,
Et de son sein brûlant, d'une voix presque éteinte,
Il laisse s'échapper ces paroles de feu :

« Imprudent nautonnier, sur la mer de ce monde,

» Environné d'écueils, je me serais perdu ;

» Mais vous vîtes, Seigneur, ma misère profonde,

» Et par vous aussitôt l'espoir me fut rendu.

» Soyez béni ! Sans vous j'aurais péri victime,

» Jouet des passions qui germaient dans mon cœur,

» Si, me voyant penché sur le bord de l'abîme,

» Vous ne m'eussiez sauvé d'un bras libérateur.

» Plus d'un peuple naguère honorait ma puissance ;

» Mais à mon front pesait la couronne des rois.

» J'avais besoin d'oubli, d'amour et de silence,

» Et j'échangeai le sceptre un jour contre la croix.

» A mes yeux, il est vrai, l'éclat du diadême

» Fut sans prix dès l'instant que j'aspirai vers vous ;

» Eh ! quel honneur si grand, de celui qui vous aime

» N'excite la pitié, sinon d'amers dégoûts !

» Pourtant ce monde encor m'offrait bien quelques
» La gloire souriait à mon brillant destin ;   [charmes :
» Partout, nouveau César, j'avais porté mes armes,
» Et partout les lauriers croissaient sur mon chemin.

» Et cependant mon âme était triste et confuse
» De tant de biens offerts à votre serviteur ;
» Car qui reçoit beaucoup sera vu sans excuse,
» S'il n'a fait tout servir dans votre but, Seigneur. »

Il se tut un instant; mais de son œil humide
Des pleurs se firent jour dès qu'expira sa voix.
Douces larmes ! qu'un ange, en son essor rapide,
Emporta dans le ciel au pied du Roi des rois.

Et puis aux premiers feux de la naissante aurore,
Quand la cloche appela les moines au saint lieu,
En entrant dans la nef ils trouvèrent encore
L'austère cénobite à genoux priant Dieu

LE CYPRÈS.

Calme comme la mort, sombre comme le deuil,
O noir cyprès ! ta place est auprès du cercueil.
Tu veilles, secouant ta cime solennelle,
Les morts dans leurs tombeaux, comme une sentinelle.

Dans tes branches, le soir, l'air parfumé des bois
Circule en soupirant comme la faible voix
De quelque moribond, enseveli naguère,
Qui tente vainement d'arracher son suaire,
Et voyant qu'il ne peut en effacer un pli,
Retombe plus avant dans la nuit de l'oubli.
La chouette sinistre, aux sons de voix funèbres,
Vient chercher dans ton sein l'épaisseur des ténèbres;
De sa lugubre voix effarouche, couchés,
Les petits des oiseaux au fond des nids cachés,
Qui de frayeur saisis frissonnent sous leurs ailes,
Le cœur tout palpitant de peurs bien naturelles.
Tu veilles jour et nuit, ainsi que le remord,
Et pour fleurs tes rameaux ont des têtes de mort
Que le vent, en passant, secoue et jette à terre,
Seul mouvement de vie en ce lieu solitaire.
Eh bien! malgré ce deuil, cyprès! j'aime à te voir;
Car toi seul, dans mon cœur, entretiens cet espoir
Qu'un jour nos ans comptés tomberont feuille à feuille,
Comme des fleurs des bois que l'ouragan effeuille.

Pour en joncher bientôt quelque aride sentier,
Toutes : feuilles de rose et feuilles d'églantier.
La mort..... mais c'est le port où, faible créature,
Le malheureux accourt déposer sa nature,
Battu par l'ouragan sur la mer en courroux,
Esclave délivré de son destin jaloux ;
C'est le terme assuré de l'humaine souffrance,
Le dernier échelon qui mène à l'espérance ;
C'est le rapide essor de l'âme vers les cieux,
Apportant sa moisson de larmes de ses yeux.

Quoi ! verrai-je mes jours, sur l'océan du monde,
S'effeuiller, se flétrir, comme la fleur que l'onde
Entraîne dans son cours, sans trace du passé ?
Être né pour mourir, puis un linceul glacé
Pour dernier vêtement, roulé dans une bière,
Sans regret de la foule irai-je dans la terre ?
Quoi ! pas un souvenir, et dans ces lieux déserts
Où nos tristes débris, par l'herbe recouverts,

4

Gisent poudreux et froids sous de mornes ombrages,

Ne verrai-je jamais, à travers ces feuillages,

Où s'engouffre partout le souffle de la mort,

Nulle larme donnée à mon malheureux sort?

Hélas! donc, ô mon Dieu, comme un être inutile,

Ignoré des humains dans mon dernier asile,

Aux pieds de noirs cyprès, dans un profond tombeau,

Tout espoir d'avenir éteindra son flambeau.

Et plus rien, ô mon Dieu! de ces rêves sans nombre,

Qu'un passé sans vestige éclipsé comme une ombre,

Anéanti, perdu, roulé dans le torrent,

Comme la fleur, hélas! que s'emporte le vent.

Mais vous, ô tendres sœurs! vous donc, muses fidèles,

Qui m'avez abrité sous vos puissantes ailes,

Quand j'allais en secret, dans mes jours de malheur,

Epancher tendrement les soupirs de mon cœur;

Vous que tant j'invoquais aux doux sons de ma lyre,

Anges aux ailes d'or qui semez le délire;

Vous que j'allais chercher aux fraîches oasis ,
Parmi les champs de fleurs que vous avez choisis ;
O vous en qui j'ai mis la moitié de mon âme ,
Près du vase sacré d'où s'épanche la flamme ,
Quand je m'endormirai dans la nuit du trépas ,
Muses que je chéris , ne veillerez-vous pas ?....

LA PAUVRE FEMME.

Laissez-moi reposer sur cette froide pierre ,
Seul endroit où je puisse épancher ma douleur ;
Ici je puis pleurer ; l'écho du cimetière
    Ne trouble point mon cœur.

Quand plein d'un froid dédain le monde me repousse,
Bien faible et ne pouvant presque me soutenir,
Je traîne ici mes pas : la solitude est douce
      Pour qui voudrait mourir.

J'aime ces lieux déserts où tout parle à mon âme
D'une meilleure vie au-delà du trépas ;
Et moi je suis de ceux que la tombe réclame,
J'ai besoin de repos, bien de repos.... hélas !

Parce que je suis pauvre, ô ciel ! on me méprise,
Et la vieillesse au front, mon bâton à la main,
Ce monde au dur regard ne veut pas que je dise :
« Donnez à ma misère un petit peu de pain ! »

Et pourtant il est dit de frapper à la porte ;
Et moi souvent je frappe et l'on ne m'ouvre pas !
Le chien, hurlant parfois, me menace et m'escorte,
      Et fait faillir mes pas.

L'enfant m'insulte aussi du seuil de sa chaumière,
Et raille par des cris les pleurs que je répands.
Il rit de ma douleur, il rit de ma prière
      Et de mes cheveux blancs.

Près d'un siècle déjà je cours ainsi le monde,
De sommeil en sommeil traînant de tristes jours;
Quand je souffre ou me plains, nulle voix qui réponde !
Hélas ! mon Dieu , faut-il ainsi vieillir toujours?

Bienheureux sont les morts dont la froide poussière
Repose dans l'oubli , le silence et la paix.
Ah ! puis-je voir comme eux mon aurore dernière,
Et mon regard bientôt s'éteindre pour jamais.

Mais que dis-je , ô mon Dieu , quelle sombre pensée
S'élève de mon cœur dans un vague soupir ;
Couvre de ton amour cette plainte insensée ,
O toi qui, sans te plaindre , expiras en martyr.

PLAINTES DE PAUL

EN L'ABSENCE DE VIRGINIE.

Lieux charmants qu'habitait ma tendre Virginie,
Doux lieux témoins de nos amours ;
Doux oiseaux qui chantiez avec tant d'harmonie
Naguère encor dans nos beaux jours ;

Grêves aux sables d'or, savanes odorantes,
    Où nous allions par tout chemin,
Ainsi que dans leur vol deux colombes errantes,
    Toujours en nous donnant la main;

Beau ciel riche d'azur, de prismes, d'auréoles,
    D'aurores aux gerbes de feu;
Forêts dont nous aimions les plaintives paroles;
    Solitude qui n'est qu'à Dieu.

Répondez, répondez, séduisante nature;
    Dites, où donc a-t-elle fui
La vierge de mon cœur, l'aimable créature
    Sans qui tout est mortel ennui?

Quel séjour enchanté la dérobe à ma vue?
    Parlez, n'y puis-je pas aller?
Palmier de ce désert, quelle route inconnue
    A-t-elle pris pour s'exiler!

Mais tout se tait, hélas ! tout garde le silence ;
    C'en est donc fait, loin de ces lieux
Elle a fui pour toujours son tendre ami d'enfance,
    Son ami le plus précieux.

Je ne reverrai plus son aimable sourire,
    Ni je n'entendrai plus sa voix
M'appeler tendrement et, timide, me dire
    Un mot répété mille fois.

Dis, que t'ai-je donc fait pour fuir nos solitudes,
    Livrant mon âme au désespoir,
M'abandonnant tout seul à mes inquiétudes,
    Mourant de ne plus te revoir ?

Qui sait ? peut-être es-tu dans quelque frais bocage,
    Laissant couler d'heureux instants,
Des tendres bengalis écoutant le ramage
    Ou cueillant les fleurs du printemps.

Oh ! reviens près de moi, viens finir mes alarmes,
    Comme l'oiseau reprends ton vol,
Quitte ce doux séjour où l'amour est sans charmes
    Si tu n'y vis avec ton Paul !

Lianes de ces bois , montrez-moi son passage
    Pour que je vole sur ses pas ;
Pour que j'entende encor sa voix sur ce rivage ,
    Eaux des torrents , grondez plus bas.

Mais partout la douleur, les larmes et l'absence ;
    C'en est donc fait , loin de ces lieux
Elle fuit pour toujours son tendre ami d'enfance,
    Son ami le plus précieux.

LE ROSSIGNOL.

Dans les airs chaque feuille humide
Suspend sa perle de saphir
Que balance l'aile timide
Du chaste et caressant zéphir ;

Le lilas au mouvant panache,
La violette qui se cache,
Modeste, sous d'épais gazons,
Avec la rose printanière,
Mêlent aux torrents de lumière
Leurs doux parfums dans les buissons.

Du soleil à flots d'or ruisselle
Doux feu, prismes et diamants;
Dans l'azur le ciel étincelle
Baigné de purs rayonnements;
La terre longtemps dépouillée,
Recouvrant sa fraîche feuillée,
Sourit au doux regard du jour,
Ainsi la vierge délaissée
Triste, à l'ombre du gynécée,
Ouvre enfin son cœur à l'amour.

Harpe vivante au chant sublime,
Le rossignol fier de sa voix,

Tout plein de l'instinct qui l'anime,
Charme le silence des bois.
Il chante.... et toute la nature,
Suspendant son divin murmure,
Recueille l'hymne radieux ;
Tantôt il se plaint et soupire,
Et son chant que l'amour inspire
Semble alors plus mélodieux.

Salut! à toi, lyre mystique,
Aux airs si purs et si touchants,
Oiseau tendre et mélancolique,
Formé d'un souffle du printemps ;
Auprès de la fleur virginale,
Plus suave, ton chant s'exhale,
Semblable à l'orgue du saint lieu
Qui dans la chapelle bénie
Epanche un torrent d'harmonie
Près de l'encens qui monte à Dieu.

Oh ! dans la nuit silencieuse
Que j'aime ton hymne charmant ,
Lorsque l'étoile radieuse
Scintille au bord du firmament ;
La lune au ciel calme et sereine
Suspend sa marche souveraine
Emue à tes sacrés transports ,
Et puis , de sa pure auréole ,
Détache un rayon qui s'envole.
Se marier à tes accords.

Ta voix réveille magnifique
Nos plus intimes sentiments ,
Berçant notre âme sympathique
A ses divins enchantements ;
Parfois et plus faible et plus pure ,
Ta voix gémit dans la nature
A l'ombre des rameaux mouvants ,
Comme la harpe éolienne

Livrant sa plainte aérienne
Au souffle harmonieux des vents.

Chante, chante, dans le mystère,
Poète ailé des champs de l'air,
Préfère aux vains bruits de la terre
La pure extase du désert ;
A toi la calme solitude
Recueillant ton divin prélude,
Le nid d'amour, l'arbuste aimé ;
A toi l'aubépine qui penche
De ses fleurs la fleur la plus blanche
Comme un encensoir embaumé.

Dans tes grands bois, lorsque l'aurore
Empourpre la cime des monts,
Le doux poète qui t'adore
Court s'inspirer à tes doux sons ;
Craignant de troubler ta retraite,
Va, sa lyre reste muette ;

Heureux, il aime à t'écouter ;

N'es-tu donc pas la lyre ardente

Qui, sous la main de Dieu vibrante,

Vient par ta voix nous enchanter?

LE MENDIANT MAUDIT.

Hélas ! plaignez, plaignez le sort du mendiant
Que le ciel a maudit et qui va suppliant.

Misérable aujourd'hui, naguères
J'avais un superbe palais,
Des bois aux chênes centenaires,
De grandes et belles forêts ;

Puis des campagnes verdoyantes,
Des équipages, des chevaux,
Des chiens de chasse, des châteaux,
Au sein des pelouses charmantes.

Hélas! plaignez, plaignez le sort du mendiant
Que le ciel a maudit et qui va suppliant.

Sous mes lambris l'or et la soie
Brillaient ainsi que le velours,
Et dans les festins et la joie,
Rapides s'écoulaient mes jours.
Près de moi j'avais à ma table,
Certes, bien de joyeux amis
Que sans peine j'avais admis,
Croyant leur amitié durable.

Hélas! plaignez, plaignez le sort du mendiant
Que le ciel a maudit et qui va suppliant.

Je menais une belle vie ,
Un train de prince , croyez-moi,
Et plus d'un me portait envie
Voyant tout ce luxe de roi.
Ma démarche était noble et fière ,
Chacun m'appelait : « Monseigneur ! »
Mais pour les ans et le malheur,
Ma parole était dure..... altière !

Hélas ! plaignez, plaignez le sort du mendiant
Que le ciel a maudit et qui va suppliant.

Or, jamais au pauvre qui passe
Je n'offrais l'hospitalité;
Et loin de remplir sa besace ,
Je le chassais avec fierté ;
Puis jusques au seuil de ma porte
Mes chiens accompagnaient ses pas,
Et s'il me maudissait tout bas ,
Sans trembler je disais : « Qu'importe ! »

Hélas ! plaignez, plaignez le sort du mendiant
Que le ciel a maudit et qui va suppliant.

Un jour — las ! priez pour mon âme !
Voyez, le ciel m'a bien puni ! —
Un jour vient une pauvre femme
De cheveux blancs son front garni :
« Prenez pitié de ma misère,
» Seigneur, venez à mon secours,
» Dit-elle ; hélas ! depuis deux jours
» Je suis sans pain dans ma chaumière. »

Hélas ! plaignez, plaignez le sort du mendiant
Qne le ciel a maudit et qui va suppliant.

« Je prie et j'implore sans cesse
» Quelque pitié, mais c'est en vain ;
» Quand vous connaîtrez ma détresse,
» Oh ! vous me tendrez votre main.

» J'ai sur un lit de fraîche mousse

» Deux petits enfants endormis;

» Hier, pour étouffer leurs cris,

» Je n'avais rien que ma voix douce. »

Hélas ! plaignez, plaignez le sort du mendiant
Que le ciel a maudit et qui va suppliant.

« Aujourd'hui j'ai fui ma demeure

» Pour les préserver de la mort;

» D'une pauvre mère qui pleure,

» Oh! vous adoucirez le sort.

» N'attendez pas demain, bon maître !

» Car mes enfants pourraient mourir;

» Hélas! et pour les secourir

» Il ne serait plus temps.... peut-être! »

Hélas ! plaignez, plaignez le sort du mendiant
Que le ciel a maudit et qui va suppliant.

Soudain elle suspend sa plainte,
Pensant avoir touché mon cœur ;
Son âme n'avait plus de crainte,
Dans son espoir d'un jour meilleur ;
Mais bientôt trompant son attente,
Je la chassai sans nul remords....
Auprès de ses deux enfants morts,
On la trouva le soir gisante !!!

Hélas ! plaignez, plaignez le sort du mendiant
Que le ciel a maudit et qui va suppliant.

Depuis, dans ma demeure sombre,
La nuit des spectres effrayants
Venaient dans le silence et l'ombre
Pousser de longs gémissements.
Bientôt un incendie immense
Dévora richesse et palais,

Je fus chassé par mes valets,
Réduit à ma triste indigence.

Hélas ! plaignez, plaignez le sort du mendiant
Que le ciel a maudit et qui va suppliant.

4.

LE BLAME.

« Quand donc cesseras-tu d'écrire, me dit-on?
A ce rude labeur qui dévore et consume,
A ce feu corrosif, que la folie allume,
Plus d'un jeune homme perd son esprit, sa raison.
Quel vif enthousiasme et t'excite et t'anime,
Et te rend follement amoureux de la rime ?

Un invisible esprit, par de secrets rapports,

T'apporte-t-il, la nuit, d'harmonieux transports?

Le ciel à ton insu t'aurait-il fait poète?

Sens-tu d'un feu divin l'étincelle secrète?

Hélas! mon cher ami, songe au moins qu'il n'est pas

Des roses au sentier où s'engagent tes pas;

Le besoin suit de près le talent au jeune âge,

Et le ciel le plus pur parfois tourne à l'orage....

Vois le Dante proscrit, Homère mendiant,

Ovide dans l'exil, et le Tasse, mourant

Fou de gloire et d'amour!!! et puis, ami, regarde

L'infortuné Gilbert dans sa pauvre mansarde :

Au printemps de ses jours, en proie à sa douleur,

Subissant de son sort la fatale rigueur,

Dévoré par la faim, et, pour dernier supplice,

Conduit pour y mourir dans le sein d'un hospice!!!

Oh! reste, cher ami, dans ton obscurité,

On ne va pas en char à l'immortalité.

D'ailleurs l'Instruction, fille de la mémoire,

De tout art, quel qu'il soit, doit préparer la gloire;

Sans elle tout flambeau, même le plus divin,
Aux mains de qui l'allume et pâlit et s'éteint.
Tel on voit avorter, à la saison venue,
Tout fruit privé de l'eau que recèle la nue. »

Ainsi j'entends, le soir, à mon humble foyer.
Chaque fois que je prends une plume, un cahier,
Ou bien soit que j'essaie une lecture aimée
D'un poète divin dont ma veille est charmée,
Quelque blâme toujours condamne mon ardeur,
Semant d'amers dégoûts dont s'abreuve mon cœur.
Ainsi donc vous voulez que je brise sur l'heure
Ces attributs oisifs qui charment ma demeure,
Que je dise à ma muse un éternel adieu,
Comme on fait quand on part pour toujours, ô mon Dieu
Eh quoi ! ces plaisirs purs dont vous prenez ombrage
Qu'ont-ils donc, dites-moi, de funeste à mon âge ?
C'est par eux qu'un jeune homme et s'amuse et s'instruit;
L'excès seul est nuisible, et, comme en tout, produit

Ce trouble intérieur dont la raison s'altère.

Hélas ! sans passion, sur cette pauvre terre,

Moi je puise à la source où Dieu mit à la fois

L'espérance et l'amour de ses divines lois.

D'un plaisir si naïf pourquoi troubler les charmes ?

Opposez la raison à d'injustes alarmes.

Voyez : tous les matins, du sein des frais buissons,

L'oiseau suit son instinct et chante ses chansons.

Et quand Dieu m'a fait don d'une voix, d'une lyre,

Tout plein de votre humeur et dans un noir délire,

Vous voulez, méprisant ces dons que je reçus,

Que j'étouffe ma voix, que je ne chante plus ?

Et qui sait les décrets de l'éternel Oracle ?

Le ciel peut, s'il lui plaît, faire un plus grand miracle.

Jadis David, obscur et pâtre dans les bois,

Ceignit, aidé de Dieu, la couronne des rois.

D'ailleurs, laissant la foule au veau d'or qu'elle encense,

J'ai fondé bien plus haut mon unique espérance.

Aux plaisirs mensongers , appât grossier des sens,
J'opposai, jeune encor, d'harmonieux accents.
Oh ! ce n'est pas en vain que mon âme est saisie,
Allez, d'ardents pensers, d'intime poésie ;
C'est par elle surtout que j'ai vu quelques fleurs
Parfumer de mes jours les secrètes douleurs.

Hélas! va donc , m'a dit le Dieu qui la fait naître,
De modulations dont ton cœur se pénètre,
Comme au temps de Sion , vers le temple immortel ,
Chanter l'hymne d'amour au pied de mon autel.
Ta muse, fécondée à ces flots d'harmonie,
Puisera dans mon sein les rêves du génie ,
Et d'extases du ciel , ineffables langueurs ,
Tes chants inspireront de secrètes douceurs.
Fais vibrer dans les cœurs ton âme tout entière;
Tous les cœurs ne sont pas ou de bronze ou de pierre.
Toutefois dans tes chants conserve ta candeur,
Que ton hymne toujours soit l'hymne du Seigneur;

Laisse à l'ambition ses ailes diaphanes ;
Dédaigne de combattre en des lices profanes ;
Le plus beau prix vaut moins qu'un intérêt vaincu
Et le beau de la gloire est tout dans la vertu.
L'orphelin a des pleurs, le pauvre des alarmes ;
Ta sainte mission est d'essuyer leurs larmes.
Que ta lyre sonore , interprète des cieux ,
Sur leurs maux affligeants instruise les heureux.

Et pèlerin béni d'une sainte phalange ,
Je remplis mes destins sur cette terre étrange ,
Mêlant souvent l'absinthe au calice de miel
Qu'en partant m'a rempli le doux Maître du ciel ;
Car d'un accueil ami la foule qu'il enchante
Ne flatte pas toujours le poète qui chante ,
Et d'un rire moqueur la farouche pitié
Souvent couvre la voix à ses chants d'amitié.
Mais qu'importe après tout à son âme d'athlète
L'accueil ou le dédain que le monde lui jette.

Quand l'amère ironie en passant l'avilit,

Toutefois jusqu'au bout son œuvre s'accomplit.

Un rayon plus puissant qu'une vaine parole

Dans son âme en douleur le charme et le console,

Et répand tour à tour dans son cœur languissant

Un calme intérieur, un baume bienfaisant.

Armez-vous du sarcasme, insultez au délire

Du poète qui prie et chante sur sa lyre ;

Par l'injure, étouffez sa voix vierge d'affront,

Vos stigmates menteurs n'entachent point son front ;

Et quand vous le couvrez de mépris ou de blâme,

Plus haut que vous encore, il fait parler son âme.

FIN

TABLE.

Toulouse, Imp. de A. CHAUVIN, rue Mirepoix, 3.

www.ingramcontent.com/pod-product-compliance
Lightning Source LLC
Chambersburg PA
CBHW070801280626
47162CB00016B/1590